SI LA PRESSE VOULAIT!

Essai sur la Paix

PAR

J.-F. Louis MERLET et Gaston DELON

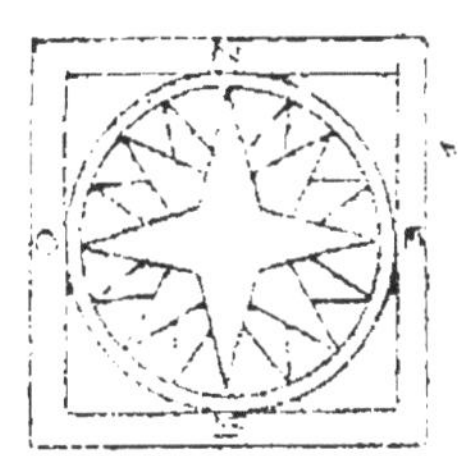

PARIS

André DELPEUCH, Éditeur

51, Rue de Babylone

1927

SI LA PRESSE VOULAIT !

Essai sur la Paix

PAR

J.-F. Louis MERLET et Gaston DELON

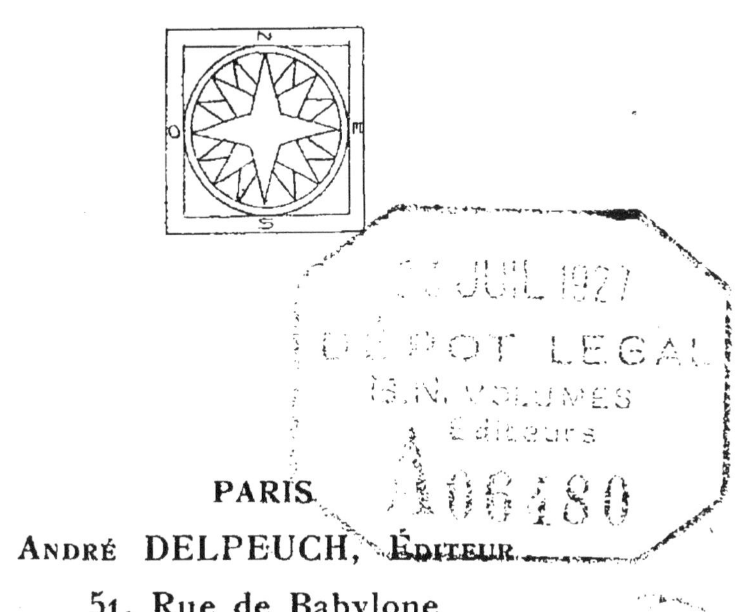

PARIS

André DELPEUCH, Éditeur

51, Rue de Babylone

—

1927

DÉDICACE

*A ceux qui, de chaque côté de la ligne de feu,
ont connu la longue misère des tranchées, les
pilonnages, les effroyables marmitages, à ceux
qui, à l'heure H, ont franchi le parapet, accueillis
par les rafales meurtrières des mitrailleuses ; à
ceux qui en sont revenus, meurtris à jamais, aux
aveugles, aux estropiés, aux sans bras, aux sans
jambes, aux défigurés ; aux mères, aux femmes,
aux jeunes filles qui ont perdu leur enfant, leur
homme ou leur fiancé, à tous ceux-là qui ont
encore l'horreur de la guerre en images d'épou-
vante dans leur esprit et leur âme,*

*Ces quelques pages de pitié et de bonne foi
sont dédiées.*

M. D.

INTRODUCTION

Il est invraisemblable, ridicule et honteux de constater qu'alors que la grande majorité, pour ne pas dire l'unanimité des êtres conscients, désirent ardemment la Paix, celle-ci ne peut être établie sur des bases solides et rendue possible par la volonté même des masses.

Nous savons bien que cet espoir des hommes qui rejoint les grands préceptes des religions, à quelque confession que l'on appartienne, est mis en échec par l'ambition, la jalousie, l'esprit de domination, la rancune, les revanches, la surpopulation de certaines nations qui trouvent trop étroites leurs frontières.

Cependant, si, dans l'un des plateaux de la balance, nous jetons toutes ces raisons, et dans l'autre, le désir immense de l'humanité qui aspire à la paix totale, les arguments pour la guerre — puisqu'il faut employer cet abominable mot — seraient de poids bien léger en opposition avec l'autre volonté mal dirigée, hélas ! des foules qui comptent encore leurs cicatrices et leurs deuils.

Si nous examinons, à froid, sans la piperie des mots, le problème de la Paix, on ne peut pas imaginer que les hommes ne se libéreront pas un jour de cette fatalité paraissant inexorable, qui les a forcés, au cours des siècles, à se massacrer périodiquement. L'offrande à Moloch n'est-elle pas assez grande ?

L'intérêt obligera-t-il donc toujours les peuples à s'entr'égorger ?... Le grand mot est lâché : *l'intérêt.*

Jusqu'à la guerre de 1870, l'intérêt a pu jouer un rôle. Jusque-là, toute guerre comportait vainqueur et vaincu, ce dernier payant le tribut, et le glaive de Brennus pouvait être jeté dans la balance, en signe de conquête et d'asservissement réservé à celui qui était tombé, les armes à la main.

Le vainqueur s'emparait des territoires convoités, des trésors monnayés, touchait de lourdes indemnités. En 1870, les Allemands reçurent l'Alsace et la Lorraine et cinq milliards de francs.

Napoléon conquit un empire au prix de combien de morts ! C'était le butin. Sous une autre forme, la loi du plus fort triomphait. Nous avons perfectionné l'homme des cavernes et les armes modernes sont des pourvoyeuses de la « camarde » autrement redoutables que la massue et la hâche de silex. Mais ne discutons pas sur les directives. Le geste criminel est le même.

Plus près de nous, car nous comptons encore nos plaies, la dernière guerre, à quelle collectivité a-t-elle donné profit et gloire ?

La misère, la douleur ont été jetées comme douloureuse part à tous les peuples qui y ont participé. Il serait puéril d'insister. Vainqueurs et vaincus sont sortis de la tourmente, épuisés, au point que depuis près de dix ans ils n'ont pu arriver à panser leurs plaies, à recoudre les blessures.

Quel souhait formuler ? Celui-ci :

Qu'une voix immense, puissante, d'une autorité formidable, s'élève, rassemble toutes les paroles éparses à travers le monde, tous les désirs de Paix qui sont l'idéal même des intelligences et des cœurs de millions d'hommes.

Que cette force à l'appel tonnant, condense, coordonne les ferveurs et les aspirations de tous les peuples, et le mouvement formidable ainsi déchaîné assurerait une paix définitive qui règnerait sur terre, lumineuse et féconde, parce qu'il faut croire aux hommes de bonne volonté.

Où sont cette voix et cette force ? Croyons-nous qu'un seul Dieu bienfaisant pourrait tenir ce role ? Utopie !

Les grands apôtres des âmes ont jadis clamé dans le désert et les fictions divines sont beaucoup plus du domaine de la légende que de l'Histoire et de la réalité. Alors ? Plus simplement, faisons nos affaires nous-mêmes.

Où faut-il donc aller chercher cette force qui imposera la paix au monde ? Elle est là, sous nos yeux. Au coin des rues, aux carrefours, aux devantures des boutiques, dans les kiosques et ses messagers, ce sont les journaux.

Cette puissance contre laquelle on ne peut rien, car elle forme les esprits, les renseigne, les éduque, les dirige, la *Presse* enfin — car c'est une souveraineté qui a fait chanceler les trônes et parfois renversé le veau d'or — peut tout, doit tout faire, pour que triomphe la Paix.

Elle seule ! Tout le reste est à peu près vain.

Mais, si en dehors de toute question de politique personnelle, d'ambitions mal définies, d'intérêts sordides pour le plaisir de quelques-uns, la Presse disait partout, à tous échos, dans toutes les langues : « Nous voulons la Paix ! », l'idée serait vive et ardente. Elle courrait comme les ruisseaux qui forment les rivières, les rivières les fleuves, et ceux-ci charriant les images des pays les plus divers, peinant sous des ciels troublés ou un azur implacable, emporteraient les vœux sacrés des hommes vers la mer, vers l'océan immense de la Paix qui cernerait les continents et dicterait à tous des lois éternelles.

Si la Presse voulait !...

« *L'amour de la Patrie est le premier amour,* », disait Verlaine.

Il ne nous vient pas à l'idée de renier ce cri du poète, mais est-il besoin, pour affirmer cet amour, de croiser sur son cœur des armes meurtrières ?

Les enfants d'un pays doivent-ils tuer ceux d'un autre pays pour prouver leur attachement au sol natal ?

Car toute la question est là. Au nom de l'amour patriotique, la voix ancestrale hurle ce mot de damné : « Tue ! » Faudra-t-il se prendre à la gorge, inonder la terre du flot vermeil ? Pense-t-on la régénérer sous la rouge moisson des coquelicots, toutes blessures ouvertes ?

Et quel jugement porter sur les « superpatriotes », ceux qui font profession d'aimer leur pays au point qu'ils ne laissent pas passer un jour sans invectiver ceux qui osent parler des droits sacrés de l'humanité en face de l'étranger.

Quel rôle admirable peut jouer la Presse !

La troisième République a proclamé la liberté de la presse, qui depuis un demi-siècle jouit d'un régime privilégié. Grandes batailles de principes, luttes de partis, controverses ardentes ont agrandi le domaine de la pensée, et il n'est pas une spéculation de l'esprit qui n'ait trouvé dans la feuille de chaque jour une défense, une vulgarisation, un élément de propagande et de diffusion.

La Presse a renversé la haute barrière des préjugés, sauvegardé le plus souvent possible la liberté individuelle, et exprimé, pour les faire triompher, les revendications politiques et sociales qui préparent dans chaque pays l'émancipation des peuples et un avenir meilleur. Pourquoi ne pas briser résolument le cadre strictement national, au moment où tous les problèmes ne connaissent plus de frontières ?

La Presse, incontestablement, dirige l'opinion publique qui se tourne vers de nouveaux sommets parce que, toujours, l'humanité progressera. Et le vent souffle sur ces sommets...

Beethoven disait que « le calme ne règne pas sur les cimes. » C'était là un aveu de cœur douloureux et tourmenté. Pour nous, sur ces sommets nouveaux vers lesquels tend l'espoir du monde, se lève comme une aube l'Esprit de Paix.

Périodiquement, à Genève, se réunissent les délégués des nations et ils recherchent de bonne foi les moyens les plus pratiques afin de prévenir tous les conflits qui pourraient surgir entre elles.

Or, il est curieux de constater l'attitude de la presse dans ces divers pays. Quelques journaux relatent, sans trop d'éclat, les efforts des délégués pour se mettre d'accord sur les points les plus vétilleux.

D'autres organes adoptent une conduite qui révèle le manque de foi dans une entreprise de pareille envergure et la traitent — c'est le moins qu'on puisse en dire — comme une amusette pour grands enfants, un prétexte à discours, qui n'empêcheront jamais la moindre guerre de dresser les hommes les uns contre les autres pour des raisons qui n'ont pas varié depuis des siècles.

Pauvres propos ! Tristes prédictions d'autant plus graves qu'elles ne cachent pas l'acceptation d'une fatalité aussi vieille que le monde et devant laquelle se révoltent, cependant, tous ceux qui pensent à la Paix et qui la veulent, au nom même du sang répandu vainement.

L'APRÈS-GUERRE
ET L'ESPRIT DE PAIX

Pour faire la Paix, il faut être deux.

C'est entendu. On a abusé d'ailleurs de cette vérité élémentaire et à la portée de tout le monde.

Mais si tous les problèmes ont une tendance à devenir internationaux, il en est un qui le fut de tout temps, celui de la Paix.

Il faut donc, pour tracer la seule route possible, s'évader résolument du cadre national et envisager, dès à présent, la solution du problème du seul point de vue international.

On a crié à l'utopie. Voilà un mot dont on a mésusé. Il concrétise, par opposition, la sottise et la veulerie de tous les temps. Il est inscrit à la base de tous les progrès sociaux et scientifiques.

Nous ne voulons plus être esclaves ? Utopie !

Nous ne voulons plus que les privilèges soient réservés à une seule caste ? Utopie !

La terre sur laquelle nous peinons doit être à nous. Utopie !

Les chemins de fer, la route mystérieuse des mers, la conquête de l'air ? Utopies !

Et pourtant ? Que de magnifiques réponses la foi, le courage, le travail, le génie des hommes prédestinés ont donné à tous les négateurs, à tous les destructeurs au nom de l'utopie. Il en est ainsi de la paix.

— « Vous oubliez, disent les détracteurs de l'idéal, que nous poursuivons, l'intérêt qui a toujours existé? »

Pardon ! Il n'y a plus aucun intérêt pour une nation à faire la guerre à une autre nation. La dernière guerre en est la preuve indiscutable.

— « Oui, disent nos contradicteurs, mais si la France était restée seule en face de l'Allemagne, que serait-il arrivé ? »

Et cet argument nous renforce dans notre croisade, car il montre que les nations sont presque toutes solidaires les unes des autres. La France n'est pas restée seule, parce que nous ne sommes plus au temps des diligences, parce que les voies ferrées innombrables, les automobiles et les avions ont réduit les distances ; parce que Paris est à quelques heures de Rome, de Madrid, de Vienne et de Berlin ; parce que New-York est à six jours de Cherbourg, et qu'on peut aller à Londres avec autant de facilité qu'on se rendait autrefois à Auteuil ou à Meudon, sous le second Empire !

De peuple à peuple, en raison des perfectionnements de la locomotion, une pénétration tous les jours plus grande s'est produite, a lié par des intérêts industriels et commerciaux des hommes de nation différente et cependant unis au point que les efforts et les résultats, chaque jour accumulés, forment un enchevêtrement tel qu'un désastre économique dans l'un des pays intéressés aurait chez les voisins une répercussion profonde.

Que deviendront alors les frontières, sinon des figurations sentimentales tout individuelles, mais non des réalités. Et il n'est pas prématuré de dire que les Etats-Unis d'Europe seront constitués de fait avant qu'un droit international les régisse.

Michelet avait prédit : « Au vingtième siècle, la France déclarera la paix au monde. »

N'allons-nous pas réaliser cette prédiction ?

Et que vaut alors le mot « *utopie* » qu'on jette à la tête des sages, comme une injure ?

*
* *

Cet « esprit » de Paix s'est formé peu à peu, au cours des siècles, avant l'idée même de la Paix.

Il suffit de regarder en arrière, de remonter aux sources : Quatre cents ans avant Jésus-Christ, Aristophane, dans sa comédie « *La Paix* », stigmatisait les marchands qui vivaient de la guerre. Et le mariage symbolique d'Opora, la déesse de l'Abondance, et de Trygée, apôtre et sauveur de la Paix, est une claire allégorie.

Sous le Paganisme la Paix, fille de Jupiter et de Thémis, avait pour attributs le caducée, la branche d'olivier et une torche renversée. Elle tenait maternellement sur son sein Plutus, qui portait le signe de la prospérité. A Athènes, des statues rappelaient au peuple que la Paix seule est aimable, et sur la Voie Sacrée, à Rome, Claudie et Vespasien lui élevèrent des temples, cependant qu'au Champ de Mars, le Sénat de la Ville éternelle avait dressé un autel magnifique pour célébrer le retour d'Auguste et la douceur d'un lendemain calme et fécond.

De cet autel, il ne reste que des vestiges éparpillés dans les musées. C'est à nous de bâtir de nouveau le temple !

La Féodalité elle-même, essentiellement combative, connut pourtant la paix de Dieu, instituée par l'Eglise, qui interdisait tout acte hostile contre certaines personnes et certains biens, mais c'était là un privilège sacré !

La sauvegarde royale triompha en Angleterre, pour un temps, et c'était une réalisation de Paix.

En 1227, Amadéus créa l'ordre de la Milice de Saint-Jacques pour le maintien de la Paix dans les provinces. Il y eut, hélas, des titres trop pompeux pour une œuvre si simple, la Paix... François Ier, en novembre 1516, ne conclut-il pas la « Paix perpétuelle de l'Alliance » avec les cantons suisses ? Cette trêve quasi-divine, puisqu'un roi en appelant au maître suprême, l'avait déclarée, dura jusqu'à la Révolution française.

L'esprit de Paix, et surtout l'idée d'une Paix « perpétuelle » entre les peuples, passionna toujours les écrivains et les philosophes. Jean-Jacques Rousseau, Lilienfelds, Kant, Bentham, Lorimer et Bluntschli, pour ne citer que quelques parrainages fameux, ont rêvé l'accord universel des hommes. Et n'a-t-on pas vu, au Congrès d'Utrecht, l'abbé de Saint-Pierre proposer une confédération de 19 puissances dont l'or-

gane législatif et judiciaire serait une diète géné-
rale ?

Et n'est-ce pas une grande pitié de penser que les
temps modernes ont clamé l'harmonie partout et
dans toutes les langues pour en arriver à l'effroyable
guerre de 1914 ?

Nous n'avons qu'à marquer les haltes sur la route
que nous voulons suivre :

En 1847, à Londres, était fondée une Société des
Amis de la Paix, qui devait organiser et régler surtout les conflits internationaux. Des assemblées eurent lieu en 1848 à Bruxelles, en 1849, sous la présidence de Victor-Hugo, et, depuis, à des intervalles,
divers congrès réunirent des hommes de qualité,
d'esprit et de cœur.

Nous eûmes la ligue internationale de la Paix, avec
Frédéric Passy, W. Th. Stead, Beernaert et deux
congrès interparlementaires eurent lieu, l'un à
Bruxelles en 1897, l'autre à Hambourg la même
année.

En 1863, Napoléon III avait rêvé de convoquer
tous les chefs d'Etat pour une action efficace de
désarmement... On sait à quelles catastrophes nous
mena une politique néfaste... Et ce n'est qu'en 1908
que l'idée fut reprise par Nicolas II, et qu'une conférence de la Paix s'ouvrit à La Haye.

La première, qui se tint à la Maison du Bois, du
18 mai au 29 juillet 1898, groupait 26 nations ou
états. On devait avoir recours, en cas de conflit, à la
médiation des puissances amies. On admettait,
hélas, *l'idée de guerre*, ce qui était une erreur à la
base même, puisque les plus zélés parlaient déjà de
la limitation des armements, de la révision des lois
de la guerre !

La 2me conférence, en 1907, réunissait, toujours à
La Haye, 45 nations qui furent représentées dans la
célèbre salle des Chevaliers. Les questions traitées
furent : l'arbitrage ; les enquêtes internationales ;
l'amélioration des lois et coutumes de la guerre, et
fait important, deux points étaient consignés parmi
les 14 actes séparés :

1° Convention pour le règlement pacifique des conflits internationaux ;

2° Convention concernant la limitation de l'emploi de la force pour le recouvrement des dettes contractuelles.

Enfin, après l'horrible mêlée de 1914 à 1918, qui fit trembler la vieille Europe sur ses assises, eut lieu au Palais d'Orsay, le 18 janvier 1919, la Conférence de la Paix, sous la présidence de Georges Clemenceau.

Le Président de la République, M. Raymond Poincaré, avait dit dans son discours inaugural : « Vous « ne cherchez donc, Messieurs, que la justice et une « justice qui n'ait point de favoris : justice dans les « problèmes territoriaux, justice dans les problèmes « financiers, justice dans les problèmes économiques. « Et cette justice exclut les rêves de conquête et « d'impérialisme, le mépris des volontés nationales, « les échanges arbitraires de province entre états, « comme si les peuples n'étaient que des meubles ou « des pions dans un jeu. »

Il n'y a rien à ajouter à de telles paroles.

Nous avons pu en appeler aux grands morts et aux vivants en dehors de tout conflit politique, de partis ou de principes gouvernementaux !

Pourquoi donc hésiter encore ?... L'Esprit de Paix, dans un domaine réaliste et non point au jour d'une métaphysique stérile, au bruit d'une éloquence vaine désormais, a suivi un tel processus qu'il faut maintenant imposer la Paix au monde par les hommes de bonne volonté et de volonté surtout.

LA LÉGENDE DORÉE
DE LA SOCIÉTÉ DES NATIONS

Il serait puéril d'affirmer, de nouveau, que les accords seuls peuvent assurer la Paix. Il faut créer une force morale au-dessus de toutes autres considérations particulières, pour régler ces accords.

« Seule une Europe tranquille peut être une Europe stable, a-t-on dit avec raison. Il doit y avoir non pas un simple remaniement de puissances, mais l'institution d'une puissance collective, et non pas des rivalités organisées, mais une Paix commune organisée. »

Nous sommes déjà loin des platoniques congrès de Paix où l'on s'efforçait, à La Haye, de réglementer surtout la guerre.

Et c'est ici que se place un autre historique nécessaire pour montrer que l'esprit de Paix est allé de pair, depuis des siècles, avec la création de cette force qui devra l'assurer dans l'avenir, sans faiblesse ni concessions faites aux puissances armées.

Nous rappellerons volontiers le grand rêve de Paix perpétuelle, la légende dorée de la Société des Nations.

Les faits, d'abord :

C'est le 22 janvier 1917, que du haut de la tribune du Sénat, le président Woodrow Wilson adressa aux peuples « l'invitation » à fonder une *Lique mondiale pour la Paix*.

Des ouragans de paroles, des torrents d'encre, des monceaux de papier ont porté la nouvelle à travers la planète, et depuis dix ans ont ajouté commentaires sur commentaires.

Certains ont crié *Chimère !* D'autres *Miracle !* Les premiers ont partagé l'avis de Montaigne « la guerre est moralisatrice » ; les autres ont, au contraire, clamé — et ce sont les vrais sages — que le geste homicide, quel qu'il soit, est abominable, et que le président Wilson était une manière de saint ; en tous cas, le seul prophète des temps modernes.

A la vérité, on exagéra des deux côtés.

Le président Wilson reprenait à son compte, au plus fort de la mêlée sanguinaire, la parole de Bossuet : « La guerre, cette chose horrible, est un scandale ».

Mais l'homme d'Etat américain n'inventait rien. Nous ne voulons toucher ni à sa gloire ni à sa mémoire, mais nous trouvons la Société des Nations à travers l'histoire, soit au début, soit à la fin des grands conflits, des grandes guerres, et il convient d'en marquer les directives dans le passé d'abord.

Les historiens ou les politiciens pour lesquels la Société des Nations fut longtemps du domaine de l'utopie, évoquaient les erreurs passées, la tour de Babel, première tentative, encore qu'elle soit légendaire, de fédération entre les peuples.

Pourtant, il nous faut citer l'arbitrage international pratiqué au temps de Confucius, qui définissait le gouvernement par ces mots : « Ce qui est juste et droit ».

Et pareille tentative d'entente et de justice avait pour théâtre une nation immense et longtemps divisée. Elle fut florissante cinq siècles avant notre ère, à cette époque où le philosophe définissait les droits et les devoirs de chacun... Mais Confucius et ses doctrines ne s'apparentent-ils pas aux amphictyonies grecques, contemporaines des premières guerres de l'antique Hellade ?

Les assemblées aux Thermopyles réunissaient les délégués des douze états, dans le temple de Déméter, la douce déesse de la Paix et des Serments.

Eschyle nous a transmis le serment des délégués : « Je m'engage à ne détruire aucune ville amphictyonique, à n'intercepter les eaux potables ni dans la guerre, ni dans la paix, et si quelque peuple transgressait ces obligations, à marcher contre lui et à détruire ses villes. Et si quelqu'un pille les richesses de Dieu, est complice ou auteur d'un projet de pillage contre les biens du temple, à le poursuivre avec le pied, la main, la voix, de toute ma force. »

Le serment était précis et sévère. La société des nations créée par le vieux peuple hellène ne renonçait pas aux armes. C'était l'époque héroïque !

Et les anathèmes contre les parjures n'avaient d'autre importance que les mots animés d'un souffle théâtral, et il faut en convenir, les délégués du Grand Conseil amphictyonique « ne réussirent que rarement à réconcilier deux cités et à leur faire tomber les armes des mains ». Comme la plupart des ambassadeurs et des diplomates, ils furent maladroits et « fournirent même à Philippe, roi de Macédoine, l'occasion d'entrer en scène et de réduire la Grèce en servitude ».

Cette tentative grecque eut un destin sans gloire, et lorsque Rome rêva d'absorber le monde, la *Pax romana* fut une sorte d'âge d'or qui dura quatre siècles. Jamais, avant et après, on ne connut pareille période de calme et d'unité.

Charlemagne essaya de retrouver pareille harmonie en restaurant l'Empire d'Occident, et échoua pour laisser la place aux chefs impudents qui, par la force, devenaient maîtres d'une région ou d'une ville.

L'église lutta contre ce brigandage. En 989, un concile réuni à Bordeaux, sous la direction de l'archevêque, fit l'alliance des prélats et des seigneurs pour imposer spirituellement et matériellement la paix que l'on nomme Trêve de Dieu, que suivit la formation de la puissance civile. L'Eglise transmettait à la magistrature et à la royauté les pouvoirs et fonctions d'organisatrices de la Paix.

C'était l'indication de soucis dont il faudrait un jour se libérer par la justice et non l'arbitraire des armes. Et nous voyons, au seuil des temps modernes, s'ébaucher, après la mort d'Henri IV, une reconstitution de l'Europe, que révéla Sully dans ses *Economies Royales*, où il déclarait que ce projet aurait été mûri par le roi son maître, et que celui-ci l'aurait réalisé s'il avait assez vécu ».

A la vérité, ce fameux projet avait pour base le refoulement des usurpateurs dans leurs pays d'origine et la protection des états apaisés par l'unité de race, de mœurs et de coutumes, propres à chacun d'eux. L'Europe aurait été divisée en 15 états ou *dominations*, ayant comme gouvernement politique des systèmes divers de monarchies absolues ou électives et de républiques fédératives, toutes soumises à des conseils constitués d'après les « Amphictyons d'Ionie ».

Sully ajoute « qu'il y aurait eu sept conseils, un général pour tous les associés et six particuliers. Le conseil général, composé de quarante membres « *fort qualifiez et surtout bien advisez* », appuyé par une armée et une flotte fédérales ».

C'était, on le voit, un embryon de Société des Nations, dont les éléments ne sont pas à négliger, quoique d'aucuns aient nié des espoirs aussi hypothétiques chez Henri IV et accusé Sully d'avoir imaginé la plus grande partie.

Quant au système philosophique humanitaire de l'abbé de Saint-Pierre, c'était encore un beau rêve de Paix perpétuelle que Louis XV eut dû proposer aux autres souverains, paix « maintenue par un congrès permanent d'ambassadeurs qui devait régler toutes les discussions par l'arbitrage ».

Le doux académicien reprenait d'ailleurs les idées d'Henri IV « approuvées par la reine Elisabeth, le roi Jacques et divers autres potentats ».

Beau rêve... avons-nous dit ? Sans doute ! Mais avec, cependant, un cadre de réalités, car « tout Etat qui refuserait de se soumettre à l'arbitrage serait mis au ban de l'Europe et tous les Etats devaient être tenus de prendre les armes contre le dissident. L'entente reposerait sur une garantie mutuelle, par tous les états contractants, des territoires qu'ils possédaient réellement, au moment où l'alliance était conclue et de la permanence des traités existants ».

Ne trouvons-nous pas, dans cette déclaration, l'essentiel de ce que deviendra plus tard la Société des Nations ?

Voltaire ,esprit fort, railla l'abbé de Saint-Pierre et « son impraticable paix ». Jeu facile pour un homme qui fut, par son génie, un précurseur et un fomentateur d'énergie, et d'idées que la Révolution de France devait lier en gerbes et grouper en faisceaux.

Au contraire, Jean-Jacques Rousseau se fit l'apôtre de ces théories, et il prétendit « démontrer que pour réaliser ce rêve, il suffisait de la bonne volonté des hommes ».

Et en 1795, ces doctrines furent propagées en formules précises par le philosophe allemand Kant, reprenant à son compte le souffle généreux de 1789. La Constituante, en 1790, n'avait-elle pas reçu 36 étrangers « ambassadeurs du genre humain, venus pour annoncer l'adhésion de l'Univers aux principes de la Révolution française ».

Utopie encore ? Peut-être ! ! En tous cas, des hommes tels que David Williams, Thomas Paine et Cloots, travaillèrent à la constitution de cette Société des peuples unis et respectueux d'eux-mêmes les uns envers les autres.

Et l'Histoire, qui enregistre impartialement la sagesse si rare et la folie, l'orgueil et la vanité plus communes des hommes, nous laisse à méditer sur les guerres de Louis XVI et de l'Autriche et celles plus généralisées, véritable tourbillon de mitraille, de Napoléon, qui fut un maître, et quoi qu'on en dise, un grand « Saigneur ».

En mars 1814, la Sainte Alliance fut une façon de Société des Nations liguées contre celui qui les avait dominées, et dont le retour de l'île d'Elbe marquait encore une renaissance belliqueuse. Cet essai de maintien de la Paix échoua.

Un siècle passa.

1914-1918. La Grande Guerre.

Des ruisseaux de sang, des monceaux de cadavres.

Puis une aube se lève, de clarté bien faible encore, la Société des Nations que projette de réaliser le président Woodrow Wilson.

Ne retenons pour l'instant que le pacte présenté par la Commission spéciale à la ratification de la Conférence, réunie en séance plénière et qui débute ainsi :

« Les Hautes Parties contractantes,

« Considérant que pour développer la coopération « entre les Nations et pour leur garantir la Paix et « la sécurité, il importe :

« D'accepter certaines obligations de ne pas recourir à la guerre !

« D'entretenir au grand jour des relations inter-« nationales fondées sur la justice et l'honneur !

« D'observer rigoureusement les prescriptions du « droit international, reconnues désormais comme « règle de conduite effective des gouvernements ;

« De faire régner la justice et de respecter scru-« puleusement toutes les obligations des traités dans « les rapports mutuels des peuples organisés ;

« Adoptent le présent pacte qui institue la Société « des Nations ».

Le sort en est jeté. L'idée, vieille de plusieurs siècles, avait fait son chemin.

Et dès 1919, à la Conférence de la Paix, la France avait réclamé, la première, le contrôle des armements ; le Japon, l'égalité des races sur toute l'étendue de la planète. Ne sont-ce pas là les principes essentiels d'une Paix durable ?

Des noms comme ceux de Léon Bourgeois, Makins, Hymans, Sir James Eric Drummont, restent attachés à l'œuvre de la première heure, à l'acceptation du statut de la Société des Nations, qui, à côté de la guerre déclarée à la guerre, allait tenter de faire aboutir cette grande revendication humaine : la réglementation internationale du travail.

Et, quoi qu'on en ait dit, l'ère des temps nouveaux s'ouvre à la lumière de la Paix !

DE WILSON A BRIAND

Woodrow Wilson apparaît dans l'histoire troublée de ce temps, pendant et après la guerre, comme l'arbitre du monde, parce qu'il a pu matérialiser son idée de la Société des Nations.

Il suffit de relire le pacte pour se convaincre du souffle d'idéalisme qui l'anime, de sa foi dans la justice et le bon sens des peuples régénérés par un souci de fraternité plus grande.

Virginien, comme Washington et Monroë, Woodrow Wilson, Ecossais par atavisme, avait soutenu une thèse en philosophie nettement antidémocratique. C'est une constatation assez ironique. Plus tard, il devait désavouer ce livre et donner au monde, qui l'admira sans réserve, cette Histoire du peuple américain qui paraît bien être le reliquaire de ses idées les plus chères, les plus fervemment aimées par un cœur libéré et religieux comme le sien. C'est le hasard qui jeta le président Wilson dans la politique, et en 1910, gouverneur de New-Jersey, il put juger que la saine logique, l'esprit de vérité qui doivent mettre chacun à son plan, demeurent les plus grands facteurs de succès dans les pays avides de lois démocratique. C'est de Taft et de Roosevelt qu'il triompha lors de son ascension à la magistrature suprême. Et il put comprendre, alors, la beauté de son destin, alors que les soldats du Nouveau Monde luttaient, les armes à la main, sur le sol de la vieille Europe pour y défendre la liberté.

Il obtint que le siège de la Société fût à Genève et, depuis, dans la cité calviniste où tout est réfléchi, pondéré et harmonieux, s'élabore un travail patient.

De Washington à Locarno, quelle route parcourue,

quelle floraison merveilleuse d'idées qui susciteront des actes décisifs pour l'avenir des peuples.

Et puisque nous tentons d'exprimer ici la raison même de la Paix, sans laquelle rien ne peut durer sur terre, il faut bien, en dernière référence, rappeler les paroles du président Briand et ce que l'on a pu appeler le point névralgique de l'Europe, encore inquiète et en émoi.

Le traité de Versailles, nous savons ce qu'il vaut. Comme toutes choses humaines, il porte sa part de sagesse et d'erreur, et depuis, il a bien fallu rouvrir la discussion avec l'adversaire d'hier.

Les points de friction entre la France et l'Allemagne doivent disparaître. Deux grandes nations, ayant un lourd passé de gloire intellectuelle, une formation différente, mais qui permit aux génies, dans tous les domaines de l'esprit, de se manifester, ne peuvent pas, ne doivent pas rester en armes, continuer à préparer une défense mutuelle, pour parer à des éventualités dont la pensée seule fait frémir.

D'où les accords de Locarno.

D'où l'entrée de l'Allemagne dans la Société des Nations.

M. Aristide Briand a trop connu les nécessités, les besoins et les aspirations populaires, pour ne pas avoir voulu, au beau soir de sa vie, couronner par un appel fervent à l'idéalisme qui doit conduire l'humanité, un rêve de toute sa vie : l'internationalisme et la Paix.

Le 26 février 1926, on sentit que quelque chose allait changer dans le monde, lorsque, du haut de la tribune de la Chambre des Députés, le président du conseil prononça ces paroles :

« Pour moi, ce qu'il y a de bien dans l'acte de Locarno, c'est qu'il ne fait tort à aucune des nations qui l'ont signé. Il n'a pas été rédigé et signé pour assurer des avantages à telle nation contre telle autre. Il faut, pour l'apprécier, le juger dans son véritable esprit, qui n'est pas un esprit de nationalisme étroit et égoïste. Il a été rédigé, il a été conclu dans un esprit européen et dans un but de Paix ».

Si le magnifique discours de M. Briand eut un retentissement universel, c'est que tous les peuples pouvaient y lire la charte essentielle, indispensable à leur développement dans la Paix.

Il n'a pas déclaré en vain :

« Nous étions en guerre, il fallait triompher ; j'ai vu, messieurs, à cette époque, des choses tellement effroyables ; l'abominable boucherie m'a rempli d'une telle horreur, que je me suis alors juré, dans ma conscience, que si jamais, la victoire remportée, le hasard des circonstances m'appelait encore au pouvoir tout mon cœur, tout mon esprit, tout mon être se donneraient à la cause de la Paix pour empêcher le renouvellement de pareilles atrocités. »

Et comme déduction, cette leçon à ceux qui pourraient abuser et se contenter des mots :

« Pour vouloir la Paix, il faut avoir la chose dans le cœur, il faut l'avoir dans la volonté ; il faut saisir toutes occasions, toutes possibilités de la servir et de la servir constamment. C'est une maîtresse exigeante que la Paix, plus exigeante que la guerre !

« La guerre, on peut s'y jeter sous l'influence d'un événement qui trop souvent, hélas ! entraîne les peuples sans leur laisser le temps ni la possibilité de la réflexion.

« Mais la Paix exige un service prolongé, un service continu, un service tenace, elle veut la persistance, elle n'admet pas le doute. Le doute, dans un esprit critique trop aiguisé, le scepticisme et l'excès de méfiance, c'est, je le répète, la paralysie, ce n'est pas l'état d'esprit favorable à la Paix.

« S'abstenir, c'est facile. Se tenir à l'écart, s'en remettre aux événements, ou prononcer seulement des discours énergiques, des discours passionnés, imprégnés du patriotisme le plus ardent et le plus sincère, parler même de la Paix avec chaleur, avec amour, tout cela est dans l'ordre des possibilités. Mais faire véritablement un pas vers la Paix, tenter un geste réel, c'est plus difficile, c'est toujours dangereux pour l'homme politique qui s'y risque. »

Et nous touchons ici le point sensible, les moyens de réalisations :

« Si, par des pactes nouveaux qui ne manqueront pas de naître du même esprit — l'esprit de la Société des Nations — les garanties vont s'élargissant, si **les** tendances des peuples deviennent meilleures; si même en Allemagne, malgré des conseils **pernicieux** donnés dans ce pays, le peuple en **vient à se tourner** vers son intérêt réel, et réfléchissant au danger de certaines excitations, s'ouvre sincèrement à **des idées** de Paix, cela ne pourra résulter que d'une propagande vivante, incessante, et croissant de jour en jour. Si un pareil effort est fait dans tous les pays, sans distinction de partis, je suis convaincu qu'il deviendra possible de réaliser la sécurité dans la Paix définitive.

. . . .

« On riait de ces folles tentatives ; on les ridiculisait. Mais à côté des railleries d'hommes politiques, il y avait tout de même le gros bon sens instinctif des peuples, qui, eux, ne riaient pas. Et c'est parce que l'idée a trouvé hospitalité et asile dans le sein des peuples qu'elle a vécu et grandi. »

. . . .

M. Aristide Briand, qui possède admirablement la psychologie des foules, a pu évoquer l'erreur criminelle des guerres, et en quelques traits indiquer comment se joue le sort de milliers d'êtres irresponsables des événements aux conséquences tragiques.

« Avant même que les peuples aient pu faire connaître leur sentiment, la guerre éclate et les pays se couvrent de sang et de ruines. Et il en sera toujours ainsi, si l'on ne veut pas se décider à donner des juges aux peuples comme on en donne aux individus. »

Et retenons enfin ces déclarations, qui doivent remplir de fierté tous les hommes de France, tournés vers un avenir de fraternité, une alliance sacrée avec les hommes des autres pays :

« Qu'adviendra-t-il si les peuples ne s'entendent

pas, s'ils ne s'organisent pas, si les causes économiques de guerre, de beaucoup les plus certaines et les plus profondes, ne disparaissent pas ? Croyez-vous même que vous aurez la Paix sociale ? Non !

« Aussi, est-il indispensable de s'accorder.

« Oh ! Il y aura des difficultés. Le soulier de Locarno ne sera pas sans faire souffrir, à certaines heures, le marcheur. Il faudra s'en accommoder. Il s'accommodera lui-même peu à peu.

« Mais moi, j'aurais été au-dessous de ma tâche, ayant l'honneur de représenter le Gouvernement, si j'avais eu assez peu de confiance en mon pays pour croire qu'il s'amoindrirait dans sa force morale et matérielle en prenant part à des discussions qui préparent l'Europe de demain.

« Alors que les peuples s'organisent pour des temps nouveaux, comment la France, qui toujours, même aux heures les plus difficiles, les plus troubles, a été à l'avant-garde, montrant la route, se tiendrait-elle dans son coin, enveloppée dans sa victoire, l'œil méfiant et la mine hargneuse ? Allons donc ! Imaginer cette France-là ? Jamais !

« En participant à tous les accords qui sont susceptibles d'améliorer, non pas sa condition, mais la condition des peuples, la France se montre ce qu'elle est : la France d'hier, d'aujourd'hui et de demain. »

Le 1er mars 1926, reprenant le même thème sur des questions de détail, de politique internationale et de droit, M. Aristide Briand, élevant le débat au-dessus des arguments de doctrine ou des réticences et des oppositions de partis :

« Vous croyez qu'un traité imposé par la défaite et exposé par là-même à de continuelles récriminations est meilleur, au point de vue de sa force morale, qu'un accord librement et normalement agréé de part et d'autre ? Ce n'est pas mon avis. C'est une question d'appréciation. »

Et avec une logique implacable, il conclut :

« Malheureusement, il y a plusieurs manières d'interpréter nos traités de Paix. Vous semblez considérer que l'intérêt de la France, c'est de voir se constituer en Europe, pour un temps plus ou moins long, et qui serait forcément long puisqu'il serait subordonné à l'accomplissement total des obligations d'une partie de ces nations, deux groupes : le groupe des vainqueurs et le groupe des vaincus, cette discrimination régissant désormais toute conclusion d'alliances.

« Cela, d'une manière certaine, à échéance plus ou moins brève, après d'incessantes fictions et sous l'influence finale d'un événement plus fort que les autres, et qui vous entraîne fatalement, c'est de nouveau le conflit sanglant.

« Notre situation morale en Europe, et dans le monde, a grandi. La France ne pourra plus apparaître à personne comme une nation assez affaiblie pour avoir à recourir à la protection d'autres Etats.

« C'est, désormais, une nation qui, profitant de ce que 100 kilomètres de zone démilitarisée la séparent de son ancienne ennemie, se tourne vers elle et lui dit : « C'est fini. Que cela ne recommence plus ! Vous demandez que je participe à des accords avec vous, que les garanties qui doivent jouer pour moi jouent aussi pour vous, je dis : oui. »

« C'est la preuve que nous n'avons aucune arrière-pensée de conquête politique, que nous ne songeons pas à violer le territoire des autres, que, reconstitués comme nous le sommes, par la reprise des provinces qui nous appartenaient et constituaient un morceau de notre chair, nous considérons que nous n'avons plus rien à demander, que nous voulons vivre et travailler en paix, et que nous ne représentons pour les autres nations aucun péril.

« Voilà la signification du pacte de Locarno. Je ne vois pas que sa conclusion soit pour affaiblir en rien la situation de la France. »

Quels commentaires vaudront jamais de telles paroles ?

Rapprochez-les de celles de Ramsay Mac Donald :

« Douter que la Société des Nations puisse remplir la mission pour laquelle nous l'avons créée, c'est vouer le monde à la souffrance et notre civilisation à la mort. »

. . . .

Et c'est maintenant que nous nous tournons vers la Presse et que nous lui crions : « Vous êtes la plus grande force sous le ciel, mettez-vous, résolument, éperdûment, au service de la Paix ».

SI LA PRESSE VOULAIT...

Oui ! Si la Presse voulait, l'œuvre de Paix s'accomplirait. Faut-il donc faire appel aux lettres de noblesse de ce prodigieux organisme qui est au service de tout ce qui naît, prospère et meurt avec une déconcertante rapidité ?

Une invention bouleverse-t-elle les données de la science ou l'effort séculaire des hommes, c'est la Presse qui propage la nouvelle et la place sous le jour crû de sa lumière.

Un cataclysme s'abat-il sur une partie du Globe, une nation d'Extrême-Orient ou une île perdue du Pacifique, aux antipodes de notre Europe qui trembla sous le choc des armes, c'est la Presse qui apprend le désastre au monde épouvanté.

S'agit-il de fomenter des énergies, d'encourager les pionniers de l'air, la hardiesse des navigateurs, de célébrer la gloire d'un poète, l'héroïsme d'un médecin, de révéler les trésors inconnus du sous-sol, le secret d'un savant qui, après des années de recherches dans son laboratoire, a trouvé le sérum sauveur d'épouvantables fléaux, c'est la Presse qui assume la tâche de parler haut et de clamer partout la bonne nouvelle !

Enfin, quand il s'agit de vaincre la souffrance, de soulager la misère, c'est la Presse qui vient en aide aux hommes de cœur penchés sur la maladie et luttant contre la mort, c'est la Presse qui tend la main.

On ne refuse jamais ! On donne ! Parce que celui qui écrit a trouvé les accents qu'il fallait pour toucher les âmes. Parce que la feuille, bonne messagère, emporte au loin la parole sacrée, noir sur blanc, et que l'on répète après l'avoir lue, puisque pareil à la flamme antique, le journal passe de main en main.

Noir sur blanc, avons-nous dit. Certes ! Rien ne saurait rendre mieux l'effet de la publicité donnée à une grande œuvre, celle que nous préconisons, nous étant rangés du côté du seul droit et du seul honneur, dignes d'être défendus !

Et puis, les braves gens de partout, les citoyens de tous les pays, ne disent-ils pas : « C'est imprimé ! Je l'ai lu ! » donnant à leur déclaration une force qui tient à la fois du fétichisme et de la raison ?

C'est imprimé ! Donc, c'est vrai !

Ne raillons pas cette logique simpliste, sans doute, mais consolante ! Il faut que *cela* soit vrai !

La Presse peut tout. Elle doit vouloir que triomphe cette vérité élémentaire : « La Paix seulement peut hâter la marche en avant de l'humanité ».

Trop longtemps on a cherché dans les souvenirs de l'Histoire une excuse — même pas ! — une justification de la guerre.

C'est contre cela qu'il faut parler net. C'est pour que finisse l'ère abominable des appétits grossiers, des bas instincts, des calculs d'argent, que la grande voix de la Presse monte dans l'air, l'emplisse de son vacarme et couvre l'insinuation mensongère des profiteurs de charniers, des mauvais bergers éclaboussés de sang.

Si la Presse voulait !

Mais il faut qu'elle veuille, et que chaque jour, elle réserve dans ses colonnes, à la même place, comme une publicité sacrée, gratuite celle-là, mais combien généreuse et créatrice de richesses, un placard **en** faveur de la Paix, une réclame — le mot est celui qui convient — une réclame constante, impérative, obsédante :

«La Paix, la Paix. Nous voulons la paix ! »

Et c'est tout un programme.

Le destin des hommes ne saurait être forcément lié à des combinaisons politiques ou financières. Il a été longtemps trop facile de déchaîner l'horrible fléau, la guerre, pour des avantages réservés à quelques-uns, à des fortunes particulières, au triomphe de telle ou telle industrie, à la prospérité coloniale de telle ou telle nation.

Des fils de vingt ans allaient mourir sous des ciels de légende ou d'exil, sans savoir, loin des maisons où les vieux rêvaient à celui qui partait au nom de l'Honneur d'un pays...

Ah ! N'abusons pas de ce mot mis au service de tant de laideurs, connues et stigmatisées... après que la mort impitoyable, injuste, inique, a de nouveau aiguisé sa faux sur les corps pantelants.

Au-dessus de tout, au-dessus de la ruée des hommes vers la folie aux yeux de défi qui se met à la tête des armées, il faut placer l'image autrement suggestive et bienfaisante de la Paix. Oui, la Paix à tout prix.

On ne la paiera jamais assez cher. La Paix pour tous, quels que soient les peuples et les races, parce qu'il y a le droit sacré à la vie, et de l'individu à la collectivité, le même cri de libération jaillit des poitrines.

L'humanité ne peut pas, malgré le sophisme symbolique des meneurs, se retremper continuellement dans le sang. C'est une aberration de l'esprit, une déformation offensante de la pensée, que se faire l'écho de telles paroles.

Et si la Presse voulait... Jamais, jamais plus les crimes ne recommenceraient. L'Histoire est trop souvent une suite d'assassinats et de rapts, pour que la justice à face de ciel puisse laver, au nom d'une gloire sanglante, la tache que Macbeth retrouvait sur ses mains. Dans tous les organes, à quelque parti qu'ils appartiennent, il faut parler de la Paix, crier vers elle comme un enlisé appelle au secours.

Il faut lui réserver la première place, partout, et l'œuvre admirable s'accomplira. C'est la Presse qui fera au monde étonné la leçon aussi généreuse que celle des apôtres de la libération des consciences.

La leçon sera si grande, si haute, que partout les hommes répéteront les mots fatidiques et sacrés : « Nous voulons la Paix... »

Et les mots doivent être écrits tous les jours, tous les jours... Si la Presse le veut !

J.-F.-Louis MERLET et Gaston DELON.

TABLE

IMPRIMERIE ARTISTIQUE A. FABRE

131, BOULEVARD ST-MICHEL, PARIS

www.ingramcontent.com/pod-product-compliance
Ingram Content Group UK Ltd.
Pitfield, Milton Keynes, MK11 3LW, UK
UKHW022321170726
13837UKWH00005BA/2111